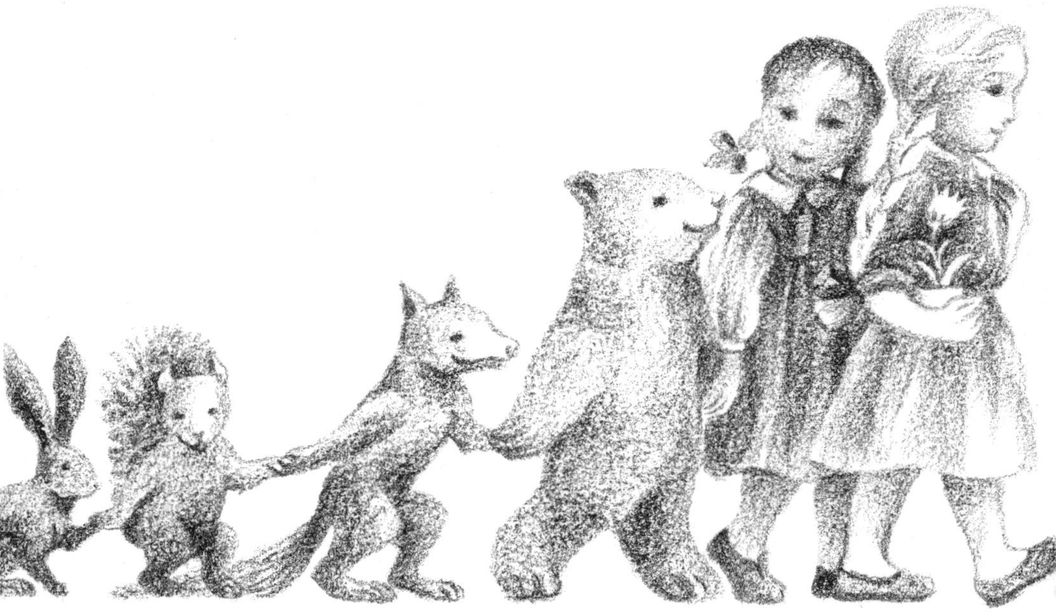

SOFJA PROKOFJEVA

GESCHICHTEN VON MASCHA UND OIKA

Aus dem Russischen von Astrid Prokofieff-Seufert

Zeichnungen und Einband von Gabriela de Carvalho

RUDOLF GEERING VERLAG

INHALTSVERZEICHNIS

MASCHA UND OIKA

Es lebten einmal zwei Mädchen. Eines hieß Mascha, das andere Soika. Mascha machte gerne alles selber. Sie wollte selber ihre Suppe essen, selber Milch aus ihrer Tasse trinken, selber ihr Spielzeug in den Kasten einräumen.

Soika aber mochte nichts selber machen, immer sagte sie nur: „Oi – ich will nicht! Oi, ich kann nicht! Oi, ich werde nicht!"

Immer nur „oi" und „oi"! So kam es dann, daß alle sie nicht Soika, sondern Oika riefen.

WANN KANN MAN WEINEN?

Am Morgen begann Mascha zu weinen. Da schaute der Hahn zum Fenster herein und sagte:

„Weine nicht, Mascha! Morgens singe ich ‚kikeriki', du aber weinst und störst mein Lied."

Es weinte Mascha am Tage. Da sprang das Heupferd aus dem Grase und rief:

„Weine nicht, Mascha! Den ganzen Tag zirpe ich im Gras, du aber weinst und niemand hört mich."

Es weinte Mascha am Abend. Da hüpften aus dem Teich die Frösche herbei:

„Weine nicht, Mascha!" riefen sie im Chor.

„Am Abend quaken wir so gerne, und du, Mascha, störst uns."

Mascha weinte in der Nacht. Da flog aus dem Garten die Nachtigall herbei und setzte sich ans Fenster:

„Weine nicht, Mascha! Nachts singe ich schöne Lieder, und du störst mich."

„Und wann kann ich weinen?" fragte Mascha.

„Du sollst gar nicht weinen", antwortete die Mutter, „du bist ja schon ein großes Mädchen."

DIE GESCHICHTE VON DER HERAUSGESTRECKTEN ZUNGE

Oika ging einmal in den Wald und begegnete einem kleinen Bären.

„Guten Tag, Oika!" sagte der Bär.

Oika aber streckte die Zunge heraus und machte eine lange Nase. Das beleidigte den Bären. Er begann zu weinen und versteckte sich hinter einem großen Busch.

Bald darauf begegnete Oika einem Hasen.

„Guten Tag, Oika!" sagte der Hase.

Aber wiederum streckte Oika die Zunge heraus und machte ihm eine lange Nase. Das kränkte den Hasen, er begann zu weinen und schlich hinter den großen Busch.

Dort saßen sie beide, der kleine Bär und der Hase, hinter dem großen Strauch und weinten. Ihre Tränen wischten sie mit kleinen Taschentuchblättchen weg.

Da flog eine Biene herbei in ihrem samtigen Pelz.

„Was, sum sum, ist geschehen? Wer – sum sum – hat euch beleidigt?" fragte die Biene.

„Wir haben Oika ‚guten Tag‘ gesagt, und sie hat uns ihre Zunge gezeigt. Das hat uns sehr gekränkt, und darum weinen wir."

„Das kann nicht s-s-sein! Das kann nicht ss-ss-sein", summte die Biene, „zeigt mir das Mädchen!"

„Dort unter der Birke sitzt es!"

Da flog die Biene zu Oika und summte: „Wie geht es-s-s dir, Oika?"

Aber Oika zeigte auch ihr die Zunge.

Das erzürnte die Biene, und sie stach Oika geradewegs in die Zunge. Das tat weh! Die Zunge schwoll an und wurde ganz dick. Da wollte Oika den Mund schließen, aber sie konnte es nicht.

Am Abend kamen Vater und Mutter von der Arbeit nach Hause. Mit bitterer Medizin rieben sie Oikas Zunge ein. Endlich wurde die Zunge wieder klein und Oika konnte den Mund schließen. Seit dieser Zeit zeigt Oika niemandem mehr die Zunge.

DIE GESCHICHTE VOM UNGEZOGENEN MÄUSCHEN

Es lebte einmal im Wald ein ungezogenes Mäuschen. Morgens sagte es niemandem „guten Morgen“ und am Abend niemandem „gute Nacht“.

Darüber ärgerten sich alle Tiere im Walde. Keines wollte sein Freund sein, keines mit ihm spielen, keines lud es zu einer Beerenmahlzeit ein.

Da grämte sich das Mäuschen. Früh am Morgen lief es zu Mascha und sagte:

„Mascha, Mascha! Wie kann ich mich wieder mit allen Tieren im Walde versöhnen?“

Mascha antwortete ihm: „Morgens mußt du allen ‚guten Morgen‘ sagen und abends ‚gute Nacht‘. Dann werden sie sich alle mit dir befreunden.“

Da lief das Mäuslein zum Hasen. Allen Hasen sagte es „guten Morgen“: dem Hasenvater, der Hasenmutter, der Hasengroßmutter, dem Hasengroßvater und dem kleinen Hasenkind. Die Hasen lächelten freundlich und gaben dem Mäuschen eine Möhre.

Es lief weiter zu den Eichhörnchen. Alle Eichhörnchen grüßte es mit „guten Morgen“: Vater-Eichhorn, Mutter-Eichhorn, Großmutter-Eichhorn, Großvater-Eichhorn und sogar das kleine Eichhorn-Kind. Freudig strahlten da die Eichhörnchen und lobten das Mäuslein. Lange lief es durch den Wald, allen Tieren – den großen und den kleinen – sagte es „guten Morgen.“

Da kam das Mäuschen zum Vogel, dem größten im Wald. Dieser baute gerade sein Nest auf dem obersten Wipfel einer hohen Fichte.

„Guten Morgen!“ rief das Mäuschen. Seine Stimme klang zart und die Fichte war hoch, sehr hoch. Der Waldvogel hörte es nicht. „Guten Morgen!“ schrie das Mäuschen, so laut es konnte. Der Vogel hörte noch immer nichts.

Was sollte es tun? Das Mäuschen kletterte die Fichte empor. Für Mäuse ist es natürlich schwer, auf Bäume zu klettern. Mit seinen kleinen Pfötchen klammerte es sich an die Rinde und die Zweige. Da zog eine weiße Wolke an ihm vorbei.

„Guten Morgen!“ rief das Mäuschen der weißen Wolke zu.

„Guten Morgen!“ antwortete die weiße Wolke leise.

Noch höher kletterte das Mäuschen. Da flog ein Flugzeug an ihm vorüber.

„Guten Morgen, Flugzeug!“ rief es so laut es konnte.

„Guten Morgen!“ dröhnte laut das Flugzeug.

Endlich erreichte es den höchsten Wipfel der Fichte.

„Guten Morgen, Waldvogel!“ sagte das Mäuslein, „ach, wie weit muß ich zu dir hinaufklettern?“

Der Vogel lachte auf: „Gute Nacht, Mäuschen! Sieh, es ist dunkel. Die Nacht ist schon hereingebrochen. Es ist Zeit, allen ‚gute Nacht‘ zu sagen.“

Da schaute sich das Mäuslein um – und richtig, der Himmel war ganz dunkel geworden, die Sterne glitzerten am Firmament.

„Nun, dann, gute Nacht, Waldvogel!“ sagte das Mäuschen. Der Vogel des Waldes streichelte es mit seinem Flügel:

„Welch ein gutes Mäuslein bist du geworden! Wie höflich! –

Setze dich auf meinen Rücken, ich trage dich heim zu deiner Mutter.“

DIE GESCHICHTE VON DEN FEUCHTEN HÖSCHEN

Oika ging einmal in den Wald und kam auf eine Lichtung. Dort spielten das Bärenjunge, der kleine Hase und das Eichhörnchen Verstecken.

„Ich will mit euch spielen", sagte Oika. Aber der Bär, das Häschen und das Eichhörnchen schauten Oika nur an und fingen an zu lachen:

„Ha, ha, ha!"

„Aber Oika!"

„Lauf schnell heim!"

„Deine Höschen sind ja feucht!"

Da schämte sich Oika und lief nach Hause. Seitdem hat sie immer trockene Höschen.

DIE GESCHICHTE VON DEN ERSTEN BEEREN

Mascha und Oika machten Kuchen aus Sand. Mascha backte ihren „Kulitsch“ selbst, aber Oika bettelte die ganze Zeit:

„Oi, Papa, hilf mir! Oi, Papa, mach mir einen Kulitsch.“

Da formte Oikas Vater viele Küchlein.

„Meine Kuchen sind aber viel besser!“ sagte Oika, „ich habe solch große und gute, deine sind schlecht und klein.“

Am anderen Tag ging der Vater fort zur Arbeit. Da kam der Waldvogel geflogen. In seinem Schnabel trug er ein Stengelchen, und an dem Stengelchen waren zwei Beeren. Sie leuchteten, die Beeren, wie kleine rote Laternen.

„Wer die besseren Kuchen machen kann, dem gebe ich diese Beeren!“ sagte der Waldvogel.

Flink backte Mascha aus Sand einen Kuchen. Aber wie lange sich Oika auch bemühte, es gelang ihr nichts. So gab der Waldvogel Mascha die Beeren.

Das betrübte Oika, und sie begann zu weinen.

„Weine nicht, Oika!“ sagte Mascha zu ihr, „ich teile sie mit dir. Schau hier sind zwei Beeren, eine für dich, die andere für mich.“

DIE GESCHICHTE VON DEM GROBEN WORT „GEH WEG“

Mascha und Oika bauten ein Haus aus Bauklötzen. Da kam eine Maus herbeigelaufen und sagte:

„Welch ein schönes Haus! Darf ich darin wohnen?“

„Geh weg von hier, du Maus!“ fuhr Oika sie grob an.

Mascha begann zu weinen: „Warum hast du das Mäuschen vertrieben? Es ist doch so lieb!“

„Und du, Mascha, geh auch weg!“ rief Oika mit lauter Stimme.

Da war Mascha gekränkt und lief fort.

Da schaute die Sonne zum Fenster herein.

„Oika, schämst du dich nicht?" mahnte sie, „Mascha ist deine Freundin. Wie kann man zu Freunden ‚geh weg' sagen?"

Oika lief zum Fenster und schrie die Sonne an:

„Und du sollst auch weggehen!"

Die Sonne schwieg und ging fort vom Himmel, weit, weit fort. Da wurde es dunkel, ganz, ganz dunkel. Oika ging in den Wald. Auch im Wald war es dunkel. Sie lief und lief durch die Dunkelheit. Beinahe wäre sie in eine große Grube gefallen.

Oika wurde es unheimlich zumute.

„Wohin soll ich gehen?" begann Oika zu weinen, „wo ist mein Zuhause? So komme ich ja geradewegs zum Wolf Graufell!"

„Oi, oi, oi, ich werde niemals wieder zu jemandem sagen: ‚geh weg'."

Ihre Worte wurden von der Sonne gehört, und sie ging am Himmel wieder auf. Es wurde wieder hell und warm.

Da kam auf einmal Mascha. Oika freute sich und sagte:

„Komm zu mir, Mascha. Bauen wir ein neues Haus für das Mäuschen, es mag dort ruhig leben."

WIE DIE HASEN DEN WOLF GRAUFELL ERSCHRECKTEN

Einst lebte im Wald Graufell, der Wolf. Er beleidigte die Hasen sehr und bereitete ihnen großen Kummer. Ganze Tage lang saßen sie unter den Büschen und weinten.

Da sagte der Hasenvater: „Laßt uns zu dem Mädchen Mascha gehen. Vielleicht kann sie uns helfen?“

So liefen die Hasen zu Mascha und riefen: „Mascha! Uns hat Graufell, der Wolf, schwer gekränkt. Was sollen wir tun?“

Mascha taten die Hasen leid, sehr leid. Sie besann sich, dachte nach und erdachte sich ein Mittel: „Ich habe einen Spielzeughasen, einen aufblasbaren“, sagte sie. „Laßt uns diesen Spielzeughasen aufblasen. Graufell wird ihn sehen und erschrecken.“

Zuerst blies der Hasenvater, blies und blies, und der Gummihase wurde groß wie ein Hammel. Dann begann die Hasenmutter zu blasen, blies und blies, und der Gummihase wurde groß und größer, so groß wie eine Kuh. Dann blies Oika weiter, blies und blies, und der Gummihase wurde noch größer – wie ein Autobus so groß. Und dann begann Mascha zu blasen, sie blies und blies, und der Gummihase wurde so groß wie ein Haus.

Des Abends kam Graufell auf das Feld geschlichen, schaute sich um und sah einen Hasen hinter dem Busch sitzen, einen großen, übergroßen, dicken, fetten Hasen.

Oh, wie erschrak Graufell; er zog seinen grauen Schwanz ein und lief für immer aus dem Wald fort.

DIE GESCHICHTE VOM SCHNULLER

Mascha lag im Bett und bettelte:

„Mama, gib mir den Schnuller, ohne Schnuller kann ich nicht schlafen."

Da flog plötzlich Eule, der Nachtvogel, in das Zimmer herein:

„Schuhu! Schuhu! So groß bist du und willst ohne Schnuller nicht schlafen? Im Wald die Hasen, die Eichhörnchen sind kleiner als du. Sie brauchen den Schnuller."

Die Eule ergriff Maschas Schnuller und trug ihn weit, weit über Felder, über Wege in den schlafenden Wald.

„Ohne Schnuller kann ich nicht schlafen", rief Mascha, zog sich an und lief der Eule nach.

Da kam Mascha zur Häsin und fragte: „Ist die Eule mit meinem Schnuller zu dir geflogen?"

„Ja, sie ist hergeflogen", antwortete die Häsin, „nur brauchen wir deinen Schnuller nicht. Bei uns schlafen die kleinen Hasen ohne Schnuller."

Da lief Mascha weiter zur Bärin.

„Bärin, ist die Eule nicht zu dir geflogen?"

„Ja, sie ist zu mir geflogen", antwortete die Bärin. „Doch meine Kleinen brauchen keinen Schnuller. Sie schlafen einfach so."

Lange ging Mascha durch den Wald und sah: alle Tiere im Wald schliefen ohne Schnuller: die Vogelkinder im Nest, die Ameisen im Ameisenhaufen. Mascha ging zum Bach, im Wasser schliefen die Fische und am Ufer die Frösche – alle ohne Schnuller. Auf einmal flog der Nachtvogel Eule herbei:

„Mascha, da hast du deinen Schnuller, niemand braucht ihn."

„Und ich brauch' ihn auch nicht!" sagte Mascha. Sie warf den Schnuller fort, lief nach Hause und legte sich schlafen.

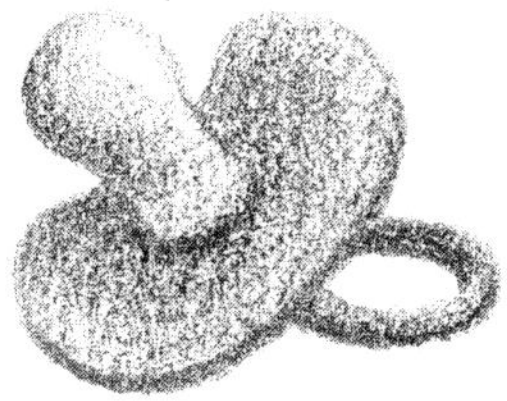

DIE GESCHICHTE VON DER KLEINEN EICHE

Oika ging in den Wald, und im Wald waren Mücken.

„Bssss! Bssss!..."

Da riß Oika eine kleine Eiche aus dem Boden, setzte sich auf einen Baumstumpf und wedelte die Mücken fort. Sie flogen zurück zu ihrem Sumpf.

„Dich brauche ich nicht länger", sagte Oika und warf die kleine Eiche auf die Erde.

Da kam das Eichhörnchen gesprungen, sah die ausgerissene Eiche und begann zu weinen.

„Warum hast du das gemacht, Oika? Wäre die Eiche groß geworden, so hätte ich auf ihr mein Haus gebaut."

Der Bär lief herbei und begann auch zu weinen: „Ach, unter ihr hätte ich auf dem Rücken liegen und mich ausruhen können."

Es weinten die Vögel im Wald: „Wir hätten auf ihren Zweigen Nester gebaut."

Auch Mascha kam daher und weinte ebenfalls: „Ich habe diese Eiche selbst gepflanzt."

Oika wunderte sich: „Oi, weshalb weint ihr denn alle? Es ist doch nur eine ganz kleine Eiche, sie hat nur zwei Blättchen."

Da knarrte die alte Eiche erzürnt: „Ich war auch einmal klein. Hätte die kleine Eiche wachsen können, wäre sie so groß und mächtig geworden wie ich."

DIE GESCHICHTE VON DEN TRÄGEN FÜSSEN

Oika mochte nicht selber laufen, sie bat doch tatsächlich:
„Oi, Papa, trage mich! Oi, meine Füße sind müde!"
Einmal gingen Mascha, Oika, der Bär und der kleine Wolf in den Wald, um Beeren zu suchen. Sie sammelten Beeren, und dann war es an der Zeit, nach Hause zu gehen.

„Ich mag nicht laufen“, sagte Oika. „Meine Füße sind müde. Der Bär soll mich tragen.“

Oika setzte sich auf den Bären. Er ging und schwankte. Schwer wurde es ihm, Oika zu tragen. Müde war der Bär.

„Weiter kann ich nicht“, sagte er.

„Dann mag mich der Wolf tragen“, sagte sie.

Oika setzte sich auf ihn. Er lief und schwankte. Schwer wurde es ihm, Oika zu tragen. Auch der Wolf ermüdete.

„Weiter kann ich nicht“, sagte er.

Da lief ein Igel unter den Sträuchern hervor:

„Setze dich auf mich, Oika. Ich bringe dich bis nach Hause.“

Da setzte sich Oika auf den Igel und schrie auf:

„Oi, oi! Lieber laufe ich selber!“

Der kleine Bär und der Wolf lachten. Mascha aber sagte:

„Wie kannst du denn heimlaufen, deine Beine sind doch ganz müde?“

„Nicht ganz müde“, sagte Oika. „Ich habe das bloß so gesagt.“

DIE GESCHICHTE VON DEN EHRLICHEN OHREN

Einmal kletterte Oika auf das Regal, um nach Süßigkeiten zu suchen. Sie stieß mit dem Ellenbogen an eine Tasse, die herunterfiel und zerbrach.

Da kam die Mutter herbei und fragte: „Wer hat die Tasse zerbrochen?"

„Sie ist von selbst zersprungen", sagte Oika. „Die Tasse ist böse, sie balgt sich herum. Sie hat den Löffel genommen und den Teekessel geschlagen, der Teekessel ärgerte sich und hat sie dann gestoßen. Da fiel die Tasse vom Regal und zerbrach."

„Aber warum hast du rote Öhrchen?" fragte Mama.

„Weiß nicht", sagte Oika, legte aber die Hände über die Ohren.

„Ich weiß warum", sagte die Mutter, „weil du schwindelst, deine Öhrchen sind aber ehrlich. Sie schämen sich, darum erröten sie. Wer schwindelt, hat immer rote Ohren!"

„Oi!" rief Oika aus. „Ich möchte keine roten Ohren haben! – Ich habe die Tasse zerbrochen!"

DIE GESCHICHTE VON DER MUTTER

Einmal war das Häschen launisch und sagte zu seiner Mutter:
„Ich habe dich nicht mehr lieb!"

Das betrübte die Hasenmutter, und sie ging fort in den Wald.

In diesem Wald lebten zwei Wolfskinder. Sie hatten keine Mutter, und es ging ihnen ohne Mutter sehr schlecht. Da setzten sich die kleinen Wölfe unter einen Busch und weinten bitterlich.

„Wo sollen wir bloß eine Mutter hernehmen?" sagte eines der Wolfskinder. „Vielleicht eine Kuh-Mutter!"

„Oder eine Katzen-Mutter!" sagte das andere.

„Oder eine Frosch-Mutter!"

„Oder eine Hasen-Mutter!"

Diese Worte hörte die Häsin und sagte: „Wollt ihr, so werde ich eure Mutter."

Da freuten sich die Wolfskinder und führten ihre neue Mutter zu sich nach Hause. Das Haus der Wölfe aber war über und über schmutzig.

Mutter Häsin räumte das Haus auf. Dann erhitzte sie Wasser, setzte die kleinen Wölfe in eine Wanne und begann sie zu baden. Anfangs wollten die Wolfskinder sich nicht waschen, sie fürchteten sich, ob nicht Seife in die Augen käme. Aber dann machte es ihnen großen Spaß.

„Mütterchen! Mütterchen!" riefen die kleinen Wölfe, „reibe uns nochmals den Rücken!"

„Gieße uns nochmals Wasser über den Kopf!"

So begann die Häsin bei den Wolfskindern zu leben.

Das Häschen aber war ohne die Mutter ganz und gar verloren.

Ohne Mutter war es kalt, ohne Mutter gab es Hunger, ohne Mutter war es sehr traurig.

Da lief das Häschen zu Mascha.

„Mascha! Ich habe meine Mutter gekränkt, und sie ist von mir weggegangen."

„Dummes Häschen!" rief Mascha aus, „wie kann man so etwas tun?

Wo können wir sie nur finden? Wir fragen den Waldvogel."

Da liefen Mascha und das Häschen zum Waldvogel.

„Waldvogel, hast du nicht Mutter-Häsin gesehen?"

„Nein, ich sah sie nicht", antwortete er. „Ich habe nur gehört, daß sie im Wald lebt bei den Wolfskindern."

In dem Wald waren drei Wolfshäuser. Mascha und das Häschen liefen zum ersten Haus. Sie schauten durchs Fenster und sahen, im Haus war es schmutzig, auf dem Wandbrett Staub, in der Ecke Unrat.

„Nein, meine Mutter lebt hier nicht!" sagte das Häschen.

Sie liefen zum zweiten Haus, schauten zum Fenster hinein und sahen: auf dem Tisch war eine schmutzige Tischdecke, das Geschirr war nicht abgewaschen.

„Nein, meine Mutter lebt hier nicht!" sagte das Häschen.

Da liefen sie zum dritten Haus und sahen: im Haus ist alles sauber und reinlich. An dem Tisch sitzen fröhlich die Wolfskinder mit flauschigem Fell. Auf dem Tisch sind eine weiße Tischdecke und Teller mit Beeren und eine Pfanne mit gebratenen Pilzen.

„Hier lebt meine Mutter!" dachte das Häschen.

Da klopfte Mascha ans Fenster. Die Häsin schaute zum Fenster heraus. Das Häschen legte die Ohren an und begann die Mutter zu bitten: „Mama, komm wieder zu mir nach Hause. Ohne dich kann ich nicht länger leben."

Da begannen die Wölfe zu weinen.

„Mütterchen, gehe nicht von uns fort!"

Da sann die Häsin nach, sie wußte nicht, was sie machen sollte.

„Schaut, so können wir es machen", sagte Mascha, „einen Tag bist du des Häschens Mutter, den anderen Tag die der Wolfskinder."

Und so geschah es.

DIE GESCHICHTE VON ZWEI KLEINEN SCHUHEN

Die Mutter kaufte Oika neue Schuhe, schöne, hellblaue Schuhe mit weißen Schnüren. Aber Oika warf die Schuhe in eine dunkle Ecke.

„Oi, welch lange Schnüre! Jeden Morgen soll ich euch binden und jeden Abend wieder aufknoten! Oi, mag ich nicht. Oi, das werde ich nicht tun!"

Es wurde den Schuhen langweilig, in der Ecke nur so unnütz herumzuliegen.

„Gehen wir und suchen wir uns einen Herrn“, sagte der rechte Schuh. „Wer wird uns anziehen? Wem werden wir passen?“

„Gehen wir“, sagte der linke Schuh.

Die Schuhe verließen die Ecke und sahen in der Mitte des Zimmers einen Tisch auf vier Beinen stehen.

„Guten Tag, Tisch!“ sagten die Schuhe.“ Zieh uns an deine Füße und laß uns laufen und springen!“

„Nein“, antwortete traurig der Tisch, „ich kann nicht laufen und springen, ich vermag nur in der Mitte des Zimmers zu stehen.“

Da liefen die Schuhe hinaus auf den Hof und erblickten eine gestreifte Katze.

„Was habt ihr für schöne lange Schnürchen!“ schnurrte sanft die Katze. „Sie gleichen langen, sehr langen Mäuseschwänzchen.“

Aber plötzlich sahen die Schuhe, wie aus den weichen Pfoten scharfe Krallen herauskamen. Sie erschraken sehr. Der rechte lief nach rechts, der linke nach links.

Die Katze aber blieb auf ihrem Platz, weil sie nicht wußte, nach welcher Richtung sie ihnen nachlaufen sollte.

Auf einer Wiese sahen die Schuhe eine Kuh.

„Guten Tag, Kuh!“ sagten die Schuhe. „Ziehe uns an deine Hufe und laß uns laufen und springen.“

„Ich habe vier Hufe und deshalb brauche ich vier Schuhe“, antwortete die Kuh und schüttelte den Kopf. „Auch seid ihr etwas zu klein.“

Plötzlich zitterten die Gräser, die Blumen schwankten und eine Natter kroch auf den Pfad heraus.

„Guten Tag, Ringelnatter!“ sagten die Schuhe. „Wie bist du schön. Du siehst aus wie eine lange Schnur von einem Stiefel und dazu glänzt du noch ganz. Zieh uns an deine Füße und laß uns laufen und springen!“

„Ach, wie dumm seid ihr“, lachte die Natter. „Wie soll ich euch anziehen, wo ich doch gar keine Füße habe.“ Und kroch wieder ins Gras zurück.

Da kam eine Ente durch das Schilf geschwommen.

„Guten Tag, Ente“, riefen die Schuhe. „Du hast zwei Füße, zieh uns an und laß uns laufen und springen!“

„Am liebsten schwimme ich“, sagte die Ente. „Wenn ich euch anziehe, werdet ihr mich im Wasser stören.“

In diesem Augenblick ließ sich ein grauer Sperling auf den Pfad nieder.

„Guten Tag, Sperling!“ riefen die Schuhe freudig aus. „Du hast auch zwei Füße, zieh uns an und laß uns laufen und springen!“

„Ihr gefallt mir sehr“, sagte der Sperling. „Aber ihr seid recht groß für mich. Wenn ich euch anziehe, so werde ich wohl kaum von hier fortfliegen können.“

Da begannen die Schuhe zu weinen.

„Was sollen wir jetzt tun? Wohin sollen wir gehen?“

Plötzlich sahen sie auf dem Pfad zwei nackte Füße gehen.

Diese laufen nicht, sie hüpfen nicht, sie treten hier auf einen Zapfen, dort auf einen scharfen spitzen Stein.

„Da läuft Oika!“ sagte der rechte Schuh bekümmert.

„Verstecken wir uns rasch zwischen den Gräsern. Oika wird uns sowieso nicht anziehen.“

„Verstecken wir uns“, seufzte der linke, „Uns braucht Oika ja nicht.“

Die Schuhe verbargen sich im dichten, buschigen Gras, doch Oika entdeckte sie trotzdem.

„Schuhchen, Schuhchen!“ rief Oika aus. „Ach, ich suche euch!

Seid mir nicht mehr böse. Ohne euch geht es mir schlecht.“

Oika zog die Schuhe an, band die Schnüre und lief davon, schnell, schnell nach Hause.

DIE GESCHICHTE VOM ALLERGRÖSSTEN FREUND

Mascha hatte viele Freunde, viele Jungen und Mädchen. Ja, und natürlich auch Langrüssel, den Elefanten, Rotfell, den Hund und den Marienkäfer, der Vierpünktchen hieß, weil er auf seinem Rükken vier schwarze Pünktchen hatte. Halt, halt, einen Freund haben wir noch vergessen. Mascha hatte noch einen Freund, die Wiesen-Glockenblume.

Einmal versammelten sich alle Freunde von Mascha auf einer Wiese. Es kam der Elefant Langrüssel daher, der Hund Rotfell sprang herbei. Der Marienkäfer Vierpünktchen kam auch geflogen. Aber die Glockenblume brauchte nicht zu gehen, nicht zu laufen, nicht zu fliegen. Sie war immer auf der Wiese.

„Ich bin Maschas allerbester Freund!“ prahlte der Elefant.

„Schaut, wie groß und dick ich bin, größer als alle. Das bedeutet also: ich bin ihr allergrößter Freund!“

„Und ich?“ fragte bescheiden der Hund. „Ich habe Mascha so gern. Ich bin ihr großer Freund.“

„Ha, ha, ha!“ lachte der Elefant. „Was bist du für ein großer? Du bist ja ganz klein.“

„Und ich?“ fragte Vierpünktchen leise.

„Du?“ kicherte der Elefant, „was bist du für ein Freund? Du bist ja fast nicht zu sehen. Wenn ich dich einmal anblase, dann fliegst du fort, so weit, daß du Mascha nie wieder sehen wirst.“

Und die Glockenblume fragte nicht einmal. Sie verstand, daß der Elefant sie auslachen würde, sonst nichts.

Nicht weit von Maschas Haus lebte in einem schlammig-gelben Fluß ein böses Krokodil. Oft kroch es aus dem Wasser heraus, legte sich auf das Ufer und täuschte einen Baumstamm vor.

Einmal verstellte es sich so gut, daß es Mascha irreführte.

„Dieser Stamm kann kein Krokodil sein“, dachte Mascha und setzte sich geradewegs auf das Krokodil.

Plötzlich begann sich das Krokodil zu bewegen. Es packte Mascha mit seinen schrecklichen Zähnen am Rock und zog sie zum Fluß hin.

„Hilfe! Hilfe! Rettet mich!“ schrie Mascha laut.

Aus dem Wald rannte der Elefant Langrüssel herbei. Er begann am Ufer hin und her zu laufen, fürchtete sich aber, ins Wasser zu steigen.

„Welches Unglück! Welches Unglück!“ stöhnte er kläglich.

„Ich kann dich nicht retten, Mascha! Das böse Krokodil könnte auch mich packen. Ich könnte untergehen und dann hättest du keinen so großen Freund mehr!“

Und der feige Elefant lief wieder fort in den Wald. Die Glokkenblume auf der Wiese sah alles, was geschah. Sie fing an, mit ganzer Kraft zu läuten und tönte laut: „Bim, bim, bim“.

Vierpünktchen hörte das Läuten und erriet sogleich alles. Es breitete seine Flügelchen aus – auf jedem der Flügelchen waren zwei Pünktchen – und flog zu Rotfell, dem Hund. Ein starker Wind wehte und es war schwer zu fliegen. Aber das Marienkäferchen eilte, so schnell es nur konnte, fürchtete den Wind nicht und auch die dunklen Wolken nicht.

Es erzählte alles Rotfell, dem Hund. Der lief schnell zum gelben Fluß und stürzte sich kühn ins Wasser. Er kläffte laut, bellte und biß das Krokodil. Dieses erschrak heftig und meinte, daß ein gefährliches Untier über es herfalle. Es ließ Mascha los und tauchte bis zum Grund des Flusses.

Rotfell packte Mascha an den Ärmeln und zog sie ans Ufer.

„Woher wußtest du, daß mich das böse Krokodil in den Fluß fortschleppen wollte?" fragte Mascha Rotfell.

„Mir hat es Vierpünktchen erzählt."

„Und du, Vierpünktchen, woher wußtest du das?" fragte Mascha weiter.

„Mir hat es die Glockenblume auf der Wiese gesagt."

Da kam aus dem Wald Langrüssel gelaufen: „Mascha, Mascha!" rief er aus, „wie bin ich froh, daß dich das böse Krokodil nicht gefressen hat. Ich freue mich darüber mehr als alle anderen, denn ich bin ja dein allergrößter Freund."

„Nein", sagte Mascha, „Rotfell, der Hund ist mein größter Freund und Vierpünktchen, wenn es auch ganz klein ist, ist dennoch mein großer Freund. Und die Wiesenglockenblume ist auch mein großer Freund. Aber du – nein!"

Und plötzlich geschah etwas Merkwürdiges. Rotfell, der Hund, wurde auf einmal groß und größer, wie ein Pferd so groß. Vierpünktchen wurde groß wie ein Vogel. Und die Wiesenglockenblume begann zu wachsen, wuchs und wurde hoch wie ein richtiger Baum.

Aber der Elefant Langrüssel wurde plötzlich klein, ganz klein, wie ein Hase. Er errötete vor Scham und lief fort in den Wald. Seit dieser Zeit hat ihn niemand mehr gesehen. Soviel auch Mascha und Oika im Wald herumliefen, nie haben sie ihn getroffen. Weil er sich so schämte und sich immer hinter den Büschen versteckte.

DIE GESCHICHTE VON DER KUCKUCKSUHR

Tick-tack! Tick-tack!

So tickte die Turmuhr auf dem Hauptplatz der kleinen Stadt.

Die Stadt war keine gewöhnliche Stadt, denn in ihr lebten nur Tiere, große und kleine. Klopftest du an irgendein Haus, so öffnete dir die Tür ein Löwe, eine Katze oder ein grünes Fröschlein.

Mascha und Oika gingen gerne in die Stadt der Tiere. Aber sie gingen nicht sehr häufig dorthin, weil die Stadt weit weg war. Wenn man früh morgens losging, kehrte man erst spät abends heim.

Mascha befreundete sich besonders mit dem bunten Kuckuck. Der Kuckuck hatte sein kleines Haus im Turm über der Uhr. Jede Stunde öffnete sich die Tür des Häuschens, und aus ihm guckte der Kuckuck und schrie: um ein Uhr – einmal „Kuckuck“, um zwei Uhr – zweimal. Und so fort, den ganzen Tag und die ganze Nacht. Immer pünktlich rief der Kuckuck, niemals vergaß er zu rufen oder machte einen Fehler und sagte ein einziges Mal „Kukkuck“ zuviel.

Sobald der Morgen graute, rief der Kuckuck siebenmal. Die Tiere kamen aus ihren Häusern, die Erwachsenen eilten zur Arbeit, die Kleineren in den Kindergarten der Tiere.

Um zwölf Uhr versammelten sich alle Tiere auf dem Platz. Die Kleineren setzten sich an einen großen Tisch zum Mittagessen. Hier waren kleine Löwen ähnlich wie große Katzen, und Katzen sahen jungen Löwen ähnlich, und das grüne Fröschchen setzte seine Kleinen geradewegs auf den Teller in die Suppe mit den Worten:

„Eßt, Kinder!“

„Was ist mit unserem Kuckuck geschehen?“ sagte plötzlich der Löwe mit sehr unzufriedener Stimme. „Warum ruft er so traurig? Bei seinem ‚Kuckuck‘ möchte man gleich anfangen zu weinen.“

„Warum bist du so traurig?“ fragten die Tiere den Kuckuck.

„Schon viele Jahre arbeite ich als Kuckuck in dieser Uhr“, sagte der Kuckuck, „und habe gar keine Zeit, meine Kindlein zu erziehen. So gab ich sie dem weisen Star zur Erziehung. Aber es ist traurig ohne sie.“

„Und was können wir tun?“ fragten die Tiere.

„Ich möchte, daß meine Kinder bei mir wohnen können“, sagte der Kuckuck. „Helft mir, sie zu erziehen, und ich kann wie früher für euch als Kuckuck arbeiten.“

„Vielleicht möchtest du, daß ich für sie Falter und Mücken fange?“ antwortete lächelnd der Löwe.

„Was, Kuckuckskinder erziehen? Ist das etwa eine passende Beschäftigung für Katzen?“ sagte die Katze und zuckte mit den Achseln.

„Kuckuckskinder erziehen? Ich habe selbst genug zu tun", quakte der Frosch gekränkt.

Es war nichts zu machen. Der Kuckuck sammelte seine Sachen in bunte Köfferchen, flog einige Kreise um den Turm, schaute auf die Uhr und das Häuschen über ihr, in dem er so viele Jahre gelebt hatte.

„Auf Wiedersehen, meine Uhr! Auf Wiedersehen Zeiger! Und du, Pendel, alter Freund!" sagte der Kuckuck betrübt und flog davon.

Nicht einmal eines der Tiere schaute ihm nach.

„Was kann man jetzt tun?" sagte der Löwe, „eine Uhr ohne Kuckuck ist keine rechte Uhr."

„Kuckuck kann jeder sein", schnurrte die Katze unbekümmert.

„Jetzt werde ich Kuckuck sein. Schaut einmal, welch wunderbarer, puscheliger Kuckuck aus mir wird!"

Die Katze kletterte in das Häuschen über der Uhr. Um drei Uhr öffnete sie die Türchen, streckte sich aus dem Häuschen und sang süß: „Miau! Miau! Miau!"

„Welch schönen Kuckuck wir haben", freuten sich die Tiere.

„Viel besser als der frühere. Welch weiche Pfoten er hat und welch grüne Augen!"

„Vergeßt auch nicht meinen Schwanz", erinnerte die Katze bescheiden. „Kann man ihn mit dem Schwanz des Kuckucks vergleichen?"

Die ganze Nacht miaute die Katze jede Stunde. Aber am Morgen sahen die Tiere, daß die Katze, eingerollt wie ein Kringel, auf dem Dach des Häuschens fest schlief.

„Katze! Katze!" riefen die Tiere. „Wach auf! Du bist jetzt ein Kuckuck, du mußt jede Stunde miauen."

„Und wann werde ich denn schlafen?" sagte die Katze unzufrieden. „Ich muß gut ausschlafen, sonst bin ich nicht mehr so schön. Geschwollen werden meine Äuglein sein, mein Pelzchen wird nicht mehr glänzen."

„Verzagt nicht!" quakte der grüne Frosch. „Jeder kann ein Kukkuck sein. Jetzt werde ich Kuckuck. Ihr werdet sehen, aus einem Frosch wird ein wunderbarer Kuckuck."

Die Tiere halfen dem Frosch, in das Häuschen über der Uhr hinaufzuklettern, und um vier Uhr öffnete er das Türchen und quakte laut: „Quak! Quak! Quak! Quak!"

„Jetzt haben wir wieder einen Kuckuck!" freuten sich die Tiere.

Es ging alles gut mit dem Frosch. Jede Stunde guckte er aus dem Häuschen und quakte. Aber als drei Tage vergangen waren, blieb die Uhr stehen. Da erst bemerkten die Tiere, daß sie ganz grün geworden war. Der Frosch hatte im Häuschen solche Feuchtigkeit verbreitet, daß alle Räderchen der Uhr – große und kleine – verrosteten, und auf den Zeigern wuchs Moos. Da waren alle Tiere sehr betrübt.

„Wenn es so steht, werde ich selbst Kuckuck!" sagte der Löwe aufgebracht. „Ich bin der König der Tiere, ich bin groß und stark, und für mich ist solche Arbeit eine Kleinigkeit."

Der Löwe kletterte mit Mühe in das kleine Häuschen über der Uhr. Um fünf Uhr öffnete er mit einem Pfotenschlag die Türen des Häuschens, so daß sie fast aus den Angeln flogen. Dann streckte er sein riesiges Haupt mit roter zottiger Mähne heraus.

„Rrrr", brüllte der Löwe so laut, daß der ganze Turm wackelte, und die Uhrzeiger zitterten.

„Löwe! Löwe!" schrien alle Tiere vor Angst. „Klettere schnell heraus! Du zerstörst die Uhr, und der Turm bricht bald auseinander."

Die Tiere brachten eine große Leiter, und der Löwe stieg herunter. Fassungslos schwiegen die Tiere. Niemand wußte, was zu tun war.

„Welch ein schönes Häuschen!“ rauschte der Wind, als er über den Turm flog. „Und ganz, ganz leer. Es gefällt mir sehr. Vielleicht kann ich mich darin niederlassen.“

Der Wind flog in das Häuschen über der Uhr und begann darin zu wohnen. Den ganzen Tag schaukelte er die Türen des Häuschens hin und her.

„Skrip – skrip! Skrip – skrip!“ – war das ein trostloser und trauriger Klang.

Es zeigte sich, daß das Leben ohne Uhr ganz schlecht ging. Die erwachsenen Tiere wußten nicht, wann sie zur Arbeit gehen mußten. Die kleinen setzten sich an den Mittagstisch, aber der Brei war noch nicht gar und die Kotelette längst abgekühlt. Der Doktor Bär, der gewöhnt war, seinen Kranken die Medizin nach der Uhr zu geben, wurde vor Kummer selbst krank.

Da versammelten sich alle Tiere auf dem Platz vor der Turmuhr.

„Was können wir nun tun?“ seufzte der Frosch.

„Ohne Kuckuck sind wir ganz verloren“, weinte die Katze.

„Hört“, sagte der Löwe streng, „wir müssen zu dem Mädchen Mascha gehen und ihr alles erzählen.“

Am Morgen des nächsten Tages wanderten alle Tiere zu Mascha.

„Ihr habt den Kuckuck beleidigt“, sagte Mascha. „Man muß ihn finden und ihn um Verzeihung bitten. Er lebt jetzt im Wald bei dem weisen Star. Ich weiß, wo sein Häuschen ist. Gehen wir, rasch.“

Mascha und alle Tiere liefen den Waldpfad entlang. Das Häuschen des weisen Stars stand unter einer großen Kiefer.

Mascha klopfte an die Tür.

„Kommt herein, nur herein“, sagte der weise Star.

Mascha und alle Tiere traten in das Häuschen. Der Kuckuck saß auf der Bank und neben ihm zwölf Kuckuckskinder.

„Verzeih uns, Kuckuck!“ sagten die Tiere.

„Warum hast du uns nicht früher gesagt, daß es so schwierig ist, als Kuckuck zu arbeiten?“ fragte der Löwe.

„Mir ist es nicht schwergefallen“, antwortete der Kuckuck.

„Nicht schwer?“ verwunderte sich die Katze. „Wieso? Niemand von uns konnte mit dieser Arbeit fertig werden.“

„Mir fiel sie nicht schwer, weil ich diese Arbeit liebte“, sagte der Kuckuck.

„Bist du trotzdem einverstanden, zu uns zurückzukommen?“ fragte der Löwe schüchtern.

„Einverstanden!“ lächelte der Kuckuck. „Ich habe großes Heimweh nach meinem Häuschen über der Uhr, nach den Zeigern und nach dem Pendel, meinem alten Freund.“

... Tick-Tack! Tick-Tack!

Die Sonne leuchtet. Alle Tiere sitzen an dem großen Tisch und essen zu Mittag, und die zwölf Kuckuckskinder essen mit allen zusammen.

Mascha aber geht den Waldpfad entlang, der Löwe, die Katze und der Frosch begleiten sie. Das Städtchen der Tiere ist weit weg von Maschas Haus, und Mascha wird erst am Abend zu Hause ankommen.

Die Originalausgabe in russischer Sprache erschien 1990
im Verlag Kinderliteratur (Detskaja Literatura) in Moskau

Lithos: Litax AG, Zürich
Gesamtherstellung: Freiburger Graphische Betriebe
ISBN 3-7235-0649-6